鈴木志郎康

どんどん詩を書いちゃえで詩を書いた

書肆山田

目次——どんどん詩を書いちゃえで詩を書いた

遠くなった、道を行く人たちが遠くなった、あっ、はあー　8
さあ、詩のテーマは東京都知事選！　20
問題は、あたしんちに送られて来る詩集に困っちゃってさ。　26
都内の花見ドライブはあたしの青春回顧ドライブに変わっちまった。　38
『ペチャブル詩人』が「丸山豊記念現代詩賞」を受賞しちゃってね。　56
七十九歳の誕生日って、ちょっと困っちゃうね　82
ゴシゴシゴシ、シャッシャーと汚れを水で流した。　98

二〇一四年の八月は八月、八月、ああ八月ですね。 106
大転機に、ササッサー、っと飛躍する麻理は素敵で可愛い。 112
それは、ズッシーンと胸に応えて 122
深まる秋の陽射しがテーブルの上にまで届くんです。 128
その家の中で九歳の記憶を歩き回った。 132
この衆議院選挙投票体験のことを詩に書いちゃおっと、ケッ 146
わたしは今年八十歳、敗戦後七〇年の日本の変わり目だって、アッジャー 154

どんどん詩を書いちゃえで詩を書いた

遠くなった、道を行く人たちが遠くなった、あっ、はあー

遠くなった。
遠くなっちゃったんですね。
道で人がこちらに向かって、
歩いて来て擦れ違ったというのに、
その人が遠くにいるっていう、
一枚のガラスに隔てられているっていう、
水族館の水槽の中を見ているように、
遠くなっちゃったんですね。
ずーっと家の中にいて、

偶に外に出て、
電動車椅子に座って、
道を進んで行くと、
向こうの方に歩いて行く人、
向かって来て擦れ違う人、
みんな遠いんですよ。
車椅子に座って道を行くと、
わたしは変わってしまうんですかね。
視座が変わっちゃったんですね。
視座が低くなって、
大人の腰の辺りの、
幼い子供の目線で、
電動車椅子を運転してると、
立って歩いているときなら、
目につかない人たちの姿が見えてしまう。
けれどもそれが遠いんだなあ。

見えてしまうってことで遠いんだな。
見えてしまうっていう遠さ。
赤いダウンコートに黒い長靴のお嬢さん、
レジ袋を手にぶら下げて寒そうに歩いて行く初老の男、
レジ袋と鞄を両手に持って着ぶくれたお母さん、
見えるけれど遠い。
見えてしまうから遠い。
遠おーい。
オーイ。
あっ、はあー。

昼食で雑煮の餅を食べたら、
餅の中に金属。
あっ、餅に異物混入かっと思ったら、
自分の歯に被せてあった金属がぽっこり取れちゃったんですね。

で、早速電話して予約外で、
西原の寺坂歯科医院に、
電動車椅子で麻理と行って直して貰ったんです。
帰りに小田急のガードを潜って、
車の滑り止めでごろごろする上原銀座の坂道を、
悲鳴をあげる電動車椅子で身体を揺すられ、
登って行くと、
いつも血圧降下剤などの処方箋を貰う小林医院の前を過ぎれば、
最近開店したスーパーマルエツ前の、
麻理のママ友がおかみさんの酒井とうふ店。
豆腐屋さん頑張ってねと、
突き当たりを右に曲がって、
信号が赤にならないうちに渡りきろうと、
電動車椅子の速度を目一杯に上げて、
道幅が広い井の頭通りを横切ると、
商店がどんどん住宅に建て変わっちゃってる

上原中通り商店街です。
ついでだからと、
麻理が、
薬局ぱぱすで猫のおしっこ用の砂を買って、
その大きな袋を抱えて、
わたしは電動車椅子を西に向かって
冷たい風を受けて走らせる。
赤いダウンコートに黒い長靴のお嬢さんが、
目の前の近くを遠く歩いて来る。
遠おーいな。
レジ袋を手にぶら下げて寒そうに歩いて行く初老の男が、
やはり目の前の近くを遠く歩いて来る。
遠おーい。
そしてレジ袋と鞄を両手に持つ着ぶくれたお母さんまでが、
目の前の近くを遠く歩いて行くんですよ。
遠おーくなった。

中通り商店街を行く人たちがみんな、
みんな。
遠おーくなっちゃった。
上原小学校の前まで来たところで、
冬の雲間から出た西日の鋭い陽射しに、
わたしは、
両眼を射抜かれてしまいました。
遠おーくなった。
オーイ。
オーイ。
あっ、はあー。

家に帰って、
ふっと思ったんですが、
なんか、

この国の世間が遠くなって行く感じなんですね。
オレって、
日本人だ。
東京の下町の亀戸で生まれて、
日本語で育って、
日本語で詩を書いているわけだけど、
毎朝三時間掛けて
新聞の活字を読んで、
昼からベッドで
テレビの画面を見ていると、
安倍首相も、岡田代表も、
国会で議論してる議員さんたちや、
水谷豊も沢口靖子も
刑事ドラマで活躍する俳優さんや、
ビートたけしも林修も
スタジオで騒いでいる芸能人たちが、

遠いんだよね。
その日本が遠く感じるんだ。
活字で登場する連中、
映像で登場する連中、
なんて遠いんだ。
でも、
遠いけれど読まないではいられない。
遠いけれど見ないではいられない。
いまさらながら、
ゲッ、ゲッ、ゲッのゲッ。
権威権力機構ってのが、
有名人ってのが、
言うまでもなく遠いんですよ。
遠いけど、
彼らがいなけりゃ寂しいんじゃないの。
新聞がなけりゃ、

テレビがなけりゃ、
ほんと、さびしい。
遠おーい。
けど、
電動車椅子杖老人にとっちゃ、
仕様が無い、
けど、
けど、
しようがないね。
けど、
しょうがねえや。
詩用が無えや。
親父ギャグだ。
ゲッ。
あっ、はあー。

ところが、
だけどもだ、
ねえ、
一緒に暮らしてる麻理
という存在は、
ぐーんと近くなった。
今日も、
あん饅と肉饅が一つずつ入った
二つの皿を、
はい、こっちがあなたのぶんよ、
とみかんが光るテーブルに置いた
麻理はぐーんと近くなった。
抱きしめやしないけど、
ぐーんと近くなった。
近い人がいてよかったなあ。

わたしより先に死なないでくれ。
いや、わたしの方が麻理を
最後まで看取るんだ。
でも、
でも、
その後の心の、
心底からの寂しさをどうするんだ。
通院するのに付き添ってくれる人がいなくなったら、
どうするのかいな。
あっ、はあー。

今日は、
二〇一五年二月二十日。
歯医者に行ってから、
早くも、

ひと月が経ってしまった。
あっ、はあー。
馬鹿みたいに、
あっ、はあー。

さあ、詩のテーマは東京都知事選！

詩人のさとう三千魚さんに誘われて
三千魚blog「浜風文庫」に詩を書くことになっちまってさ、
テーマはいきなり東京都知事選だ！
あたしの一票は死票になっちゃったんだよね。
ってやんでぃ！
この人と思う候補者がいなくてね、
正直言って、結局、消去法で投票しちゃうんだよね。
ってやんでぃ！

二〇一四年
二月九日の四十五年振りの大雪の雪道を
雪掻きシャベルを抱えて、
電動車椅子を運転して投票所に行ったのよ。
自動車の轍の跡を辿って走らせたんだけど、
盛り上がった雪につっこんじゃってさ、
麻理が雪掻きシャベルで掻き分けて進んだ
という、
あたしにとっちゃ、
前代未聞の投票行動だったのね。
権力者丸出し顔のあの人が当選して欲しくなかった、
ってことです。
ってやんでぃ！
脱原発じゃんか。

車椅子専用の記入所で
候補者の名前を書いたのですが、
なんか手がうまく動かなくなりまして、
小学生のガチガチの書き字になっちゃった。
他人の名前を書くのって
うまく行かないもんです。
ってやんでぃ！

そもそも
消去法で選んじゃったのは、
この人って人がいなかったってこと。
友だちになってもいいやって人がいなかったのね。
ってやんでぃ！
こころん中で、

この選挙は、
単に都知事を選ぶっていうだけじゃなくて、
権力者のあり方の地層ってのが、うーん、
民主主義を多数決で踏みつぶす全体主義の足取りの始めじゃねえか、
とか
個人主義を歴史意識で縛り上げる国家主義が誇らしく腕組みしてるんじゃねえか、
とか
って思えちゃってね、いや、まあ、詩人さん、先走るなよ。
都知事選は現実よ、ゲン、ジ、ツ。
ってやんでぃ！
いやー、思った通りで、
暮らしの安泰が第一ね。
世間様は怖い。
いやいや、わたしの子どものころにゃー
国の安泰ってことで、
鬼畜米英、撃ちてし止まむって、

世間様はみんな同じ顔して、
白い割烹着とカーキ色の国民服で、
万歳しちゃっていたじゃん、
ってやんでぃ！
古くさい体験の繰り言は止めにしな。
時間は止まっちゃくれないよ。
さあささあ
東京の一〇〇〇万の世間様を
お迎えするのは全く違う夢舞台ってところじゃん、
お父さんお母さんおじさんおばさんお兄さんお姉さん
取り戻された国の輝く世界一の東京とやらで
おもてなしの絆で結ばれた手を合わせ
どんな五輪ダンスを踊るのやら、
マスコミに揺さぶられた詩人の杞憂の妄想ってやつですよ。
ってやんでぃ！
逃げるなよ

っと言ってもですね、
あたしゃ車椅子の十年持つかって身の上ですよ。
ってやんでぃ！
言い訳みたくなっちゃった。
これじゃ駄目じゃん。

問題は、あたしんちに送られて来る詩集に困っちゃってさ。

悩みと言えば悩みなんだ。
傲った悩みだ。
捨てちゃえば片が付くものを
捨てられないで悩んっじゃうんじゃ。

困っちゃうね、
困っちゃうね、
どんどん溜まっちゃう。

どんどん溜まってしまう。
なんとそれが新刊の詩集なんですよ。
あたしんちに宅配便と郵便で
どんどん、秋口から冬にかけて
三日と空けず、詩集が、
新刊の詩集が
見知らぬ詩人さんたちから送られてくる。
見知らぬ人の詩なんて読む気がないのにね。
視力も弱っちゃってるしさ。
今日は詩集は来なかったけど、
同人誌が来た。
積み上げられた詩集は、
今、卓上に三十三冊。
居間の床に積み上げられた
詩集の山が今や十五の山を超えていく。
困っちゃうね、

階段の踊り場、積み上げられた布団のわき、本棚の前などなどと、
仕事場には足の踏み場もないほどの本の山。
邪魔なんですが、
捨てるのも
売るのも
気持ちが引っ掛かっちゃう。
捨てられない、
困っちゃうね。
まあ何とか読もうと、
来た順にテーブルの上に積み上げているのね。
折角送ってくれたのだから、
ちょっとは読んでみようと思っている。
詩一編くらい読んで
そのうちに、
そのまま、
そのまま、

時は止まらず、
テーブル上の詩集のわきで三度三度のご飯を食べているうちに、
溜まって行くってことなんですよ。
あーあ、あーあ、
あーあ、あーあ。
困っちゃうね、
どんどん溜まっちゃう。

このあたしの悩みってのは、
詩の一つのプロブレム problem
詩を書くのは楽しいが、
見知らぬ他人の詩を読んでも楽しめない。
困っちゃうね。
自分の詩は出来るだけ沢山の人に読んで貰いたいけど、
出来るだけ沢山の人の詩なんて読みたくもないのよ。

書いている人の姿が見えない。
困っちゃうね。
プロブレム
プロブレム
何で、詩集を見知らぬあたしに押しつけるの。
いや、いや、
ただ、ひたすら、
読んで欲しいって気持ちなのさ、
あんた高名な鈴木志郎康さんなんだろ。
おれって高名詩人なんだね。
いや、いや
送って置けば、
眼に止まって、
なんか評価されるかも、って。
評価って、何だよ。
詩人として認められるってことですよ。

たしかに、あたしも、四十七年前の若い時に、
『罐製同棲又は陥穽への逃走』を出したとき、
名の知れた詩人さんたちに送って、
眼に止めていただいて、
話題にされて、
H氏賞を貰えた。
その構図ですよ。
だから、いろんな賞の選考が始まる前になると、
送られてくる詩集が急に多くなるんだ。
賞を取らなければ読まれないってんでね。
いや、褒められたいとかさ、
一番になりたいとかさ。
でもまあ、とにかく、詩集が多くの人に読まれれば、
無理に他人に送り付ける必要がなくなるんじゃないのかね。
自分の詩集を多くの人に読んで貰いたい、
だが、そのために開かれた

交流の広場がないってことか。
詩集を広める広場がないってこと、
遂に行き着いた。
プロブレム！
困っちゃうね。
いやいや、詩集の広場ならあるじゃない。
「現代詩手帖」その他の詩の雑誌の
「詩集時評」とかさ、
各新聞の「詩の月評」とかさ、
詩集を取り上げるメディアはあるじゃん。
でもさ、
刊行された詩集を全部取り上げるってことはないじゃん。
それにさ、新聞でも雑誌でも選ばれた詩人さんが、
その人の主観で選んだ詩集だけしか取り上げない。
取り上げられなかった詩集は忘れ去られちゃう。
せっかく書いたのに、

忘れ去られちゃうなんてやりきれない。
困っちゃうな。
じゃあ、どうすればいいのよ。
先ずは、
まあ、全国民に詩を読む習慣を身につけて貰うのよ。
（そりゃ、無理だ。）
詩人たちは詩人たちで誰もが書いている人の姿が見えて、
面白がって読む詩を書くってことよ。
（そりゃ、無理だ。）
それで、
発行された詩集が全部揃っている書棚が欲しいね。
そこに行けば、誰の詩でも、書かれた詩は、
自由に手に取って読めるってこと。
（そんなところに行く人がいるのかいな、
一人や二人はいるかも知れない。
でも、あたしゃ行かないね。）

そういう詩の広場があって
詩をもって人の交わりが生まれるってことになれば、
いいじゃん、えっ、いいのかなあ。
書かれる詩も変わってくる。
そんなことあり得ない。
困っちゃうな。
広場なんかじゃなくて
詩集を出した人が
少人数で集まって
お互いで話し合うっていう
話し合いの波紋を広げて行くっていうのは
どうかな。

と思っているところに、
同人誌の「山形詩人」Vol. 84 が送られてきた。

発行人は木村迪夫さん、
編集人は高橋英司さん。
その「後記84」に
「昨年末、農作業小屋の二階に小さな書庫を作った。段ボール箱に詰め込んで重ねておいた、過去四十年間に集まった詩集を並べてみた。約二千冊。壮観なものである。しかし、百冊ほどを除くと、タイトルすらほとんど記憶になく、初めて目にするような印象なのである。自分にとって、そのような詩集はおそらくゴミ本なのだろう。人によっては、自分に必要なものだけを残し、その他はすべて廃棄すると聞く。それはそうだろう。都市のアパートやマンション暮らしでは置き場所に困る。生活空間が圧迫される。」
と書いてあった。
「その点、筆者は田舎暮らしゆえ、空間的には困らない。大工仕事の手間暇、費用はかかったが、所蔵するに不都合はなかった。」
と書いてあった。

二千冊を納める書棚！

いいなあ。

うらやましい。

「しかし、筆者が本を捨てられないのは、空間に余裕があるからではない。一冊一冊の詩集に込められた作者の熱い思いが、捨てないで、と呼びかけてくるからである。その声は自分の声でもある。」

そうなんだ。

だから捨てられない。

「いかに評価の低い、つまらない詩集でも、作者にとってはかけがえのない一冊だと思う。だから、書庫が満杯になっても、筆者は詩集を捨てない。書架を増設するだけである。とはいえ、筆者が死んだら、息子や孫たちは、丸ごと全部処分し、書庫を空っぽにするだろう。それは知ったことではない。」

だってさ。

そうかあ、

あたしが死ねばあたしんところでも問題はそく解決なんですね。
農作業小屋に書庫を作るこういう人がいるなんて、
救われる。
なんちゃって、
実は、詩集を読みこなす力が
自分に無いのを棚に上げて、
プロブレムとか
何とか騒いだ末に、
送られて来た同人誌の
コピペ
コピペ
で、さよならですか。
詩人さん、
詩集が来なくなったら寂しいよ。
困っちゃうね。

都内の花見ドライブはあたしの青春回顧ドライブに変わっちまった。

親友の戸田桂太さんから電話があった。
都内の桜の名所を巡る花見ドライブに行かないか、っていう。
足腰不自由のあたしを花見に誘ってくれたというわけ。
戸田桂太さんは親友だ。
呼び捨てでいいや、
戸田は
早大時代に『ナジャ』をフランス語で輪読した一人、
その後同じＮＨＫで同僚のカメラマンになって、

そこで二人でこっそり、
過激を装った匿名映画批評誌『眼光戦線』を作って遊び、
歩きながら編集する散歩誌『徒歩新聞』を作って遊び、
それから「日刊ナンダイ」なんかのパロディ新聞を作って遊んだ
得難い相棒だった。
ここんところ暫く行き来が少なくなっていたけど、
去年ドライブに誘ってくれて、
その他の事情もあって話が弾んだ。
親しみが復活してきたんだ。
戸田桂太は親友だ、
なんていうと、彼は照れるだろうな。
この関係が花見ドライブの気分を作ったんだ。
戸田桂太のことを詩に書けるなんて
なんか、嬉しい。
思ってもみなかったことだよ。

さて、
四月二日の午後、
プジョー207（PEUGEOT 207）が
あたしの家の前に来た。
戸田桂太の車だ。
あたしは前の座席の戸田の隣に、
戸田夫人の紀子さんと志郎康夫人の麻理が後ろに乗った。
さあ、出発だ。
待てよ、今日は暖かいから上着を脱ぐ、
ってことで、またドアを開けて半身を乗り出し、
麻理の手伝いでやっと脱ぐ。
利かない身体で一苦労、年取るって嫌だね。
シートベルトを締めるのも一苦労。

先ずは井の頭通りに出て代々木公園を横切る。
車の左に桜が満開。
右にはＮＨＫ放送センターの建物。
あたしらは昔あそこに勤めていたんだ。
五階の食堂の転勤噂のだべりが懐かしい。
と、もう原宿駅前。
若者の行列と人出でごった返してる。
昔は静かな住宅街だった。
変わっちまったねえ、まるっきり違う街だよ。
変わっちまった。
あたしの頭の中では時間が巻き返し始める。
変わっちまった表参道から青山通りへ左折して、
暫く行って、右折して青山墓地の
桜並木に車は進んだ。
さくら吹雪の中を車は進む。
後ろの席のノンちゃんと麻理が声を上げる。

綺麗ねえ、
綺麗だ。
あたしはこの青山墓地の桜並木は今にして初めてだった。
東京に七十年住んでてこんなところがあるなんて知らなかった。
知らなかったといやー、
青山墓地を出てくぐった乃木坂トンネルも
七十八歳で生まれて初めてくぐったんだね。
今にして初めてっていうところもあるんだ。
いや、今日のドライブが今にして初めてじゃんか。

トンネルを出れば乃木神社前、
ここらあたりは学生時代によく散歩した。
カナダ大使館脇の公園から昔のＴＢＳの裏に出る道だ。
建物で見えなくなった丘の稜線を歩くという道だった。
ＴＢＳの前の通りに出て一軒きりの古本屋を覗いて、

赤坂見附から地下鉄で新宿に出るというのが散歩コースだった。
昔のＴＢＳのあの建物はもう無く、
高層ビルになっちまってすっかり変わってしまった。
変わっちまった、変わっちまった。
この辺りで変わらないのは、
外堀通りと赤坂離宮と東宮御所。
昔、ベルサイユ宮殿を真似た赤坂離宮の左翼に国会図書館があってさ、
フランスかぶれの浪人生だったあたしは、
受験勉強をするという口実で毎日通って、
バルザックの小説を読みふけった。
『ゴリオ爺さん』に『従妹ベット』、
中身はすっかり忘れてしまいましたが、
ブルジョアと対決する純情と情熱が心に残った。
毎朝一四四席の一般閲覧室の椅子を確保するために、
四谷駅から赤坂離宮の玄関まで走ったものだったよ。
大理石の赤坂離宮の便所は珍しくて凄かったね。

ドアを押して入ると二メートルほどの奥の
二段のひな壇の上に便器があるのだ。
ひな壇の上では落ちついてできるものではなかったね。

あたしの呟きを載せて戸田のプジョー207は
四谷駅を右折して半蔵門を左折して、
イギリス大使館の満開のソメイヨシノを横に見て、
千鳥ヶ淵へと右折した。
この辺りは変わっていないなあ。
千鳥ヶ淵の山桜に、
戸田桂太は山桜が好きだと言った。
戸田の蝶を育てて羽化させる知性からして、
桜音痴のあたしは戸田の山桜に納得する。
お堀端から大手町、新装の東京駅の前を通過して、
小伝馬町馬喰町と白い花咲くこぶし並木の江戸通りを、

おもちゃや花火の問屋街の浅草橋に向かった。

実は先日お彼岸に亀戸の実家に行くとき、
タクシーでお茶の水から蔵前通りに出る道を間違えちゃってさ、
あたしゃ、東京育ちの自信が揺らいだのだった。
オレも変わっちまったのか。
変わっちまったのよ。
隅田川を厩橋で渡って清澄通りを左折して、
清澄通りと浅草通りに挟まれた三角地帯の家並みに入る。
このあたりにあった天ぷら「ひさご」こそ、
高校で同人誌「ふらここ」をやった親友だった北澤の家だ。
横網町の日大一高の帰りに都電で彼の家に行き、
ほとんど一日おきに浅草六区街の映画館に足を伸ばし、
「ひさご」のお客の映画館の呼び込みのおじさんに、
毎回毎回只で映画を見せて貰った。

浅草日本館の暗闇で十七歳は三益愛子の母ものに涙した。
映画館通いの闇の中でオレはちょっと変わったってこと。
あれから何十年ぶりですよ。もう「ひさご」が何処か分からない。
あたしは車の四角い箱から出ることもなかった。
家並みはすっかり変わっちまってた。

戸田が運転するプジョー207は信号待ちの車列に割り込んで、
高速道路の下を隅田公園に向かう。
ウンコビルと呼ばれるアサヒビールの建物の脇を過ぎて、
東武線の高架トンネルをくぐると隅田公園の中だ。
この辺りも変わっちまったねえ。
変わっちまった。
川っぷちの桜並木を大勢の人が歩いている。
あそこに行って、
隅田川の川風を受けて桜の下を歩かなければ、

ここで花見をしたとは言えないんだろうな。
ちょっと残念。車はもう言問団子の前を通って、
向島の家並みに入った。
右に行って左に行ってまた右に行って。
東京スカイツリーの真下に出た。
そこで、あたしがテレビで見た運河の両岸の満開の桜並木、
あれは北十間川だったんじゃないかと先ずは押上駅を目指す。
ところがあたしは左折すべきを右折と言ってしまって、
業平橋を渡ってしまい、間違えた。
また、間違えた。
子どもの頃、歩いたり都電に乗ったりのこの道を間違えるなんて、
あたしとしてはあってはいけないことなんだ。
引き返すのに左折左折とまた橋を渡って四つ目通りを目指した。
その四つ目通りも家並みの姿を忘れちゃってて、
標識を見なければ確かめられない。
東京スカイツリー下の押上駅付近は変わり果ててる。

変わっちまったねえ。
変わっちまった。
あたしの記憶の街はもう存在しない。
何だ、あたしが育った東京はもう無いじゃん。
今の東京はあたしには初めての街ってことだ。
北十間川には満開の桜並木は無かった。
存在って、こんなにも不確か。

ここまで来たら、桜は無いけど、
あたしが生まれ育った亀戸に行こう。
浅草通りを真っ直ぐに走れば今はない昔の都電柳島車庫前を過ぎて、
明治通りの福神橋だ。
そこを右に曲がれば
高校生の頃、神主さんと万葉集を読んだ香取神社の横を通って、
十三間通りの商店街だ。

三菱銀行を過ぎて天盛堂レコード店、モスバーガーの隣りの
ドラッグストア・マツモトキヨシが元は「鈴木せともの店」!!
現在は、マツモトキヨシの二階に兄夫婦は住んでいて、
「鈴木せともの店」はもう無い。
せともの店は親父が戦後開いた店なんだ。
明治には江戸郊外の亀戸にはまだ田んぼがあって、
親父はその米作り農家の長男で若い頃は米を作った。
田んぼが町工場に変わって工員たちの家が建ち並び、
親父は花作り農家から炭屋になって、
提灯行列から大東亜戦争に突入して、焼夷弾が降りしきる戦災で、
太い大黒柱のあるあの家はＢ29に焼き払われた。
そしてそして焼け跡の十三間通りで敗戦の翌年せともの屋になった。
お堅い鈴木さんにはぴったりの商売というわけ。
「五円（ご縁）があったらまた来てね」とにっこりする親父さん。
戦前からコンクリートで舗装されていた十三間通り。
子どもの頃には蠟石で陣地を描いて陣取りをやったのよ。

自動車なんか時々しか通らなかったからね。
でも、朝鮮戦争の時には習志野の演習場に行く米軍の戦車が、
毎晩、轟音で走り抜けた。
ああ、十三間通り。
街も変わっちまったけど、
オレも変わったよ。
今のこの時、親友戸田のプジョー２０７に乗ってる。
この十三間通り、日曜日には
歩行者天国で家族連れが車道を闊歩している。

あたしがそんな思いに浸っているうちに、
プジョー２０７は実家の前を通り過ぎ亀戸駅のガードをくぐって、
もう千葉街道に出ている。
千葉街道は京葉道路、両国橋を渡って靖国通り。
錦糸町の元江東楽天地の脇を通り過ぎると、

昔の都電錦糸堀の車庫跡は丸井のビルになっていた。
うわー、変わっちまったね。
変わっちまった。
芥川龍之介や堀辰雄が卒業した府立三中は今は両国高校。
その両国高校前を過ぎて江東橋を渡れば緑町だ。
高校時代の大雪の日に国電が止まっちゃって、
横網町の日大一高から雪が積もった緑町を歩いて帰ったことがあった。
そして両国、昔の国技館跡は今はシアターχ（カイ）という劇場だ。
ここには教授だった多摩美の卒業公演で毎年来ていた。
両国橋を渡るのはこれで今年は二度目だよ。
三十年も渡ったことがなかったのに、今年はこれで二度目だよ。
再び韓国製ワンピースが安く売られている江戸通りに出て東京駅へ。
この五月には『ペチャブル詩人』の丸山豊記念現代詩賞の授賞式に、
電動車椅子で新幹線に乗って九州に行くから、
麻理が車椅子待合室を確かめに行った。
その間、車から降りて、

ベックスコーヒーショップ丸の内北口店で、
戸田と紀子さんとあたしはしばらく休憩。
そこで、オフィス勤めの人たちを間近に見たのは、
あたしには、何とも言えないリアリティだった。
そう、何とも言えないリアリティだった。

東京駅からは皇居に向かって進んで、
右折して宮城前広場の手入れが行き届いた松を眺めて、
白山通りに出ると左の歩道にフォーマルな服装の
女子大生が数人たむろしていた。入学式だったんだ。
共立女子大といえば昔よく演劇の公演を見た共立講堂だ。
フランコフォリのあたしはその共立講堂かその隣の一橋講堂かで、
劇団四季のジャン・アヌイ作の『アンチゴーヌ』を見て興奮した。
これだとばかりに、雨の日に、
石神井の浅利慶太氏の家を訪ねて劇団に入りたいと言ったのだ。

それにしても浅利さんはよく会ってくれたよな。
しかし、君は先ずは大学に入って勉強すべきだと断られた。
窓の外に降る雨を覚えている。
プジョー207は白山通りを北に進む。
神保町の交差点を越えて西神田だ。
二十一歳のあたしにとって西神田は予備校の研数。
浪人三年、今度落ちたら働けと親に言われて、
後がないと悦子さんとのデートもしないでしゃかりきのしゃかりき。
秋口にはビリに近かった国語の点が
年末にはトップクラスに入って何とか早稲田の文学部に入れた。
水道橋駅のガードをくぐって後楽園を左折する。
そして飯田橋、ここで降りて都電に乗って早稲田に通った。
通う都電であたしは確かに変わったのだ。

プジョー207は神楽坂下から

外堀通りの満開の桜を左に四谷に向かって走って行く。
ここの桜はJR中央線の窓から見た方が絵になる。
とは言っても、あたしゃこの五年余り電車に乗ったことがない。
またまた四谷駅から迎賓館と東宮御所の脇を過ぎて、
権田原から明治神宮外苑に入り日本青年館を右に曲がる。
ざわつく記憶が残る一九六〇年代、
日本青年館では吊され揺れる大きな真鍮板と交わって踊る
土方巽のダンスパフォーマンスに驚いちゃった。
仙寿院の墓の下をくぐって原宿に向かうこの道は、
あたしが人工股関節の手術で入院の慶應義塾大学病院に通ってもう何十回も、
タクシーの運転手さんに「外苑西通りをビクターのスタジオを
左に曲がって」と告げた道路だ。
この五月には前立腺癌の治療で泌尿器科に行くのでまたここを通る。
そしてまた原宿、若者たちでごった返す原宿。
駅前のそば屋はもう無くなったのか。
女の子男の子の行列で見えない。

変わっちまったねえ。
変わっちまった。
明治神宮を右に代々木公園を抜けて山手通りに出る。
そして麻理が見たいと言った東大駒場キャンパスの
桜を裏門越しに見て上原のあたしんちに戻った。
戸田桂太が運転するプジョー２０７は、
現実の東京の市街をめぐり走ったが、
あたしゃあ脳内の存在しない市街をめぐり走ってたってわけ。
戸田桂太よ、ありがとう。
オレも変わっちまってさ、
今じゃ、老い耄れ詩人になっちゃった。
年を取って今を取りこぼして生きてるって、
やだね。
どんどん詩を書こう。
それにしても、長い詩になった。
こんな長い詩を書いたのは初めてだよ。

『ペチャブル詩人』が「丸山豊記念現代詩賞」を受賞しちゃってね。

納豆で昼飯を食べ終えて、
ベッドでテレビドラマを見ようと思っていた
二〇一四年二月二十八日の午後のこと、
丸山豊記念現代詩賞事務局の熊本さんという人から
電話が掛かって来た。
知らない人だ。
何度も聞き返して、
丸山豊記念現代詩賞を受けるかっていう、

『ペチャブル詩人』が受賞したって、
勿論、受けます受けます、と応える。
でも、受賞のことは正式発表の
三月二十八日まで極秘にして下さいって言われて、
妻の麻理には言ったけど、
息子たちにも言えない言わない。
何か浮いた気持ち。

嬉しいね。
『ペチャブル詩人』が第二十三回丸山豊記念現代詩賞を受賞しちゃった。
これで受賞は四つ目だ。
この次の詩集も、またその次の詩集も受賞したいね。
受賞するのは嬉しいからね。
まあ、欲張りのわたしがそれまで生きていればの話だけれど。

ところで、
丸山豊記念現代詩賞って、
知ってはいたが詳しくは知らない。
Ｗｅｂで見ると、
谷川俊太郎、新川和江、まど・みちおが受賞している。
東京では余り知られてないけど、
九州では権威ある賞だ。
翌々日にメールが来て
受賞の言葉を千字と写真二枚を送ってくれと。
受賞は兎に角光栄で嬉しいけれど、
その言葉を書くとなると、
ただただ嬉しいじゃ、済まされない。
そもそも、
詩人丸山豊のことは
名前だけしか知らないんだ。

その詩を読んだことがない。
更に詩人丸山豊をＷｅｂで見ると
詩を書いていたお医者さんでその上、
久留米市に病院を開設、九州朝日放送取締役、久留米市教育委員も務めたという。
九州では知名人だ。
詩人の安西均、谷川雁たちと同人誌をやって、
森崎和江や松永伍一や川崎洋など多くの詩人を育てた、いわば
九州の現代詩の大御所と言われた詩人。
その丸山豊の詩を、
わたしは読んだことがなかった。
わたしは東京在住詩人、丸山豊は九州に生きた詩人なんだ。
わたしって本当に見識が狭いんだよなあ。
早速、amazon に注文だ。

日本現代詩文庫22の「丸山豊詩集」を取り寄せた。

読んでみると、
北原白秋を読みふけって、十六歳で詩を書き始め、
わたしが生まれる一年前の一九三四年に、
十九歳で処女詩集『玻璃の乳房』を出している。
ランボオやラディゲに憧れた早熟の詩人だ。
「海で花火の散ったあと
若いオレルアンの妹は口笛を吹いて　僕の睡りをさまします
夜明けをおそれる僕とでも思ふのかね」
モダンな格好いい言葉だ。
年譜を見ると、
処女詩集を出す一年前に、
文学を志す早稲田の高等学院の学生だった丸山少年は、
東京から九州に戻って、
医師の父親の跡を継ぐべく九州医学専門学校に入学している。
ここに丸山豊の詩人にして医者の人生が始まったのだ。
軍国主義にまっしぐらって時代だ。

日本の国は一九三七年に支那事変（日中戦争）を起こし、
更に一九四一年十二月には大東亜戦争（太平洋戦争）の勃発だ。
久留米は当時、第18師団司令部や歩兵第56連隊が置かれた軍都。
丸山豊は一九三九年二十四歳で軍医予備員候補者となり、
翌年、臨時召集を受けて軍医少尉となる。
一九四一年五月には二十六歳で中国雲南省に出征する。
丸山豊は詩人であり医者であり、そして軍人になった。
それから軍医として東南アジアを転戦して、
一九四四年五月、二十九歳で北ビルマ・ミイトキーナで死守の戦闘。
米英中国の連合軍の猛攻撃に、
軍医として為す術もなく傷病兵たちが戦死していく。
（と丸山自身が後に書いている。）
八月、丸山豊が「閣下」と呼んでいる
部下を愛する人格者の司令官水上少将が、
将兵を生かすために死守命令に反して自決。
それで丸山軍医も生き残っていた兵隊も戦闘から解放されて、

戦死者の死体や白骨が散乱する密林の道無き道を敗走する。
死ぬ力も無くした兵隊を見殺しにしなければならなかったという。
丸山軍医は尊敬する水上少将の死によって生かされた。
わたしには想像を絶している。
丸山軍医がビルマで苦戦している当時、
九歳のわたしは集団疎開で栄養失調になり、
東京に戻って米軍の空襲に遭い遂に焼夷弾で焼け出されていたんだ。
この北ビルマ・ミイトキーナの凄まじい闘いの様子を、
丸山豊は自分の比類が無い体験として終戦後二十年を経て、
ようやく『月白の道』に書き残した。
多くの戦死者の傍らで辛くも命を保てたその複雑な心情は、
丸山豊の魂の深奥にあって日常の意識を急き立てていたようだ。
戦後の一九四七年三十二歳の時の詩集『地下水』以降の詩には、
死者に対する慚愧と生者に向けられた鼓舞が感じられる。
わたしは敗戦後六十年余りを経た二〇一四年の今年、
苛烈な戦争体験を経た詩人丸山豊の言葉に出会えたというわけだ。

彼は屈折した詩を書くことによって肯定すべき日常に陣地を築き、
戦死者たちの声と向き合っていたのだろう。
五十歳の詩集『愛についてのデッサン』の二編、

「　＊

ビルマの
青いサソリがいる
この塩からい胸を
久留米市諏訪野町二二八〇番地の
物干竿でかわかす
日曜大工
雲のジャンク
突然にくしみがおそうとき
シュロの木をたたく

＊

雪に
捨てられたスリッパは
狼ではない
はるかな愛の行商
あの旅行者ののどをねらわない
じぶんの重さで雪に立ち
とにかくスリッパは忍耐する
とにかくスリッパは叫ばない
羽根のある小さな結晶
無数の白い死はふりつみ」

ここに書かれた「久留米市諏訪野町二二八〇」をGoogleで検索する。
と、画面の地図の上を近寄ると、

「医療法人社団豊泉会」が出てきた。
更に、それを検索する。
「医療法人社団豊泉会丸山病院」のＨＰにヒットした。
「人間大切　私たちの理念です」とあって、
『人間大切』は初代理事長丸山豊が残した言葉です。」とあった。
そして更に「詩人丸山豊」のページに移動すると
「丸山豊『校歌会歌等作詞集』」のページに行き着いた。
地元の幼稚園から小学校中学校高校の校歌、そして大学の校歌、
それから病院や久留米医師会の歌などを合わせて六十九の歌詞を
丸山豊は作っているのだ。
驚いた。すごいな。
丸山豊は戦後、医者として、詩を書く人間として、
地元に生きた人だ。
生半可じゃないねえ。

その校歌を一つ一つ読んで行くと、
土地の山や川や野が詠み込まれていて、
光が輝き、誇りや未来への希望が唱われている。
それを読んでいると不思議に、
『月白の道』に書かれていた敵の銃弾に追われて、
逃げて死に直面したときに脳裏に浮かんだであろう郷里の
情景がここに書かれているように思えてきたのだった。
そうか、ああ、そうかあ。
丸山豊が「筑後川」の合唱曲の歌詞を書いたのも、
自己に向き合って迫る現代詩を書くことでは得られない言葉、
子どもたちや若者たちに唱われる言葉、
人びとの間に広がっていく言葉、
それは戦場で死線を越えて生き抜くために求めていた
郷里を語る言葉だった。
それを書くのが戦後を生きる詩人の一つの生き方だったんだろうな。

九州の古本屋からインターネットで、
一九七〇年発行の『月白の道』を買って読んだ。

その「あとがき」に、
部隊を共にした勇敢な模範兵だった帰還兵が、

「そのうち、となり村の農家の娘をめとり、げんきな子供をうみ、村の篤農家として、一見なごやかな朝夕を送っていました。そして十数年が経過しました。ある日、とつぜん、『なんの理由もなく』農薬をのんで自殺したのです。もちろん、遺言も遺書もありません。村のひとは、不思議なことよ、と首をかしげるだけです。」

と書かれていた。

戦地の過酷な体験の記憶が命を縮めることがあるのか。

丸山豊は詩を書くことで生き抜いたのか。

また、九州の古本屋からインターネットで、一九八三年発行の詩集『球根』を買って読んだ。「自画像」という詩があった。

「自画像

それだけの力
またはそれだけの空虚によって
みにくくふくらむ鼻

頭髪はたちまち白く
きっと暗礁をもっている

ひだりの眼はほそく
みぎの眼はさらにほそく
単なる柔和ではない

胸を汲みにきた未亡人に
変化の果を告白する
蟻のいくさの日々であったが

のどは夕やけ
ほころびの色
あんぐりひらいた港口

密漁船がすべりだす
舳先では雑種の犬が
身をのりだして吠えている」

詩集の「あとがき」には、
「私の詩の理想は、『いざ』の初志から『ああ』に果てる道程にあった。ただ、愚は愚ながら人並の人生の哀歓を通過してきたので、思惟に多少の転回ができて、いまは詩をたどるには、むかしとは逆に、『ああ』を出発のバネとして、きびしい『いざ』に到達すべきではないかと考えている。しかし真の『ああ』を所有することは至難であるし、人間のついの『いざ』にいたっては雲のなかである。心細いことだ。恥ずかしいことだ。」

と書かれていた。

丸山豊の「初志」って何だったのかな。

それが生き抜き生かすってことだったのなら、

「ああ」はまだまだ生き切れてないっていう思いか。


キーワードは「水」と「影」のようだ。

「影ふみ」っていう詩がある。

「影ふみ

それぞれ脆いところを持っていて

夕日のワインがひたひたと充ちてきて
あちらとこちらがはにかみによって溶け合うと
私の日没ようやく自立します

私の日没ようやく自立します
そのとき一つの影がうまれます
色をすてて声をすてて
歪んではいるけれどゆらゆら揺れるけれど

歪んではいるけれどゆらゆら揺れるけれど
かすかな真実を見るでしょう
あなたも影ですあなたたちも影です
愛とか憎しみとか歌ったあとの

愛とか憎しみとか歌ったあとの
そのことも影あのことも影

私の影を呼びにくる影
ふしぎな多数またはひとりぽっち
ふしぎな多数またはひとりぽっち
深い紺色の呼吸をします
夜のガラスをはらわたに収め
弱い影が濃くなります思想に濡れて

弱い影が濃くなります思想に濡れて
影とあそびますそのふくらはぎをふみます
傷ついた鼬のように
影たちがたのしく心をよせるのです」

「傷ついた鼬」だってよ。
丸山豊は生活者であり孤独な詩人だったたってことだ。

それから「輝く水」っていう詩がある。

「輝く水

たかが水のことではないか
だれかがいった
そうですたかが水のことです
私はこたえた

その日の水
その日の胸の水
おお土管の水
白内障のひるに
亀裂のかずをかぞえながら
ますますくらい方へ
走ってゆく
名のない水

私が余所見をしたおりに
あの水が輝く
すこし遅れて私が気づく
だから私は
輝く水を見たことがない
しかし私は信じている
名のない水の燃え立ちのときを
あの輝きを

たかが水のことではないか
だれかがいった
そうですたかが水のこと
そうですたかが水のこと」

詩人丸山豊のイメージは何とか摑めたような気がする。
丸山豊記念現代詩賞というのは、
丸山豊の慚愧を踏まえた希望の賞なんだ。
さあ、九州の久留米まで新幹線に乗って行くぞ。

五月九日11時30分東京駅発の新幹線
のぞみ29号の11号車の車椅子専用個室に乗った。
初めての車椅子専用個室に麻理と二人で乗った!!
わたしの旅の習慣で窓ガラスにへばり付いて、
東海道から山陽道へ陸側の走り去って行く風景を五時間眺め続けた。
通過する駅名は早すぎて読めないが、
渡る川の名前で何処を走っているか見当を付けた。
富士山は曇って見えなかったが、
安倍川で静岡の市街は分かった。
高層ビルが増えている。

名古屋も大阪も岡山も広島も
高層マンションが群がり立ち並んでいた。
人の姿をほとんど見なかった。
4時39分定刻に博多着。
石橋文化センターの上野陽平さんの出迎えで、
車椅子専用のタクシーで九州自動車道をほぼ一時間走って、
久留米ホテルエスプリに投宿した。

五月十日はいよいよ丸山豊記念現代詩賞の贈呈式だ。
会場は石橋文化会館小ホール。
石橋はブリヂストンだ。
ゴム底の地下足袋からタイヤへと、
人間が地面に接する接点に優しいゴムを使って、
足袋製造の工場を大企業に成功させた創業者の石橋正二郎は
久留米の仕立屋の息子だったんだ。

久留米がブリヂストンの発祥の地とは知らなかったなあ。
久留米市の真ん中にある石橋文化センター。
その一角に石橋文化会館小ホールはある。
石橋の文化のセンターには美術館、大ホールの他に
日本庭園があり、バラ園がある。
バラ園には三百三十種類のそれぞれ名前の付いた花が
二万五千本も、この五月、咲き競っているのだった。
贈呈式前の午前中、わたしは電動車椅子で職員の方に案内されて
咲き誇るバラの花の中を散策した。
行けども行けども色とりどりのバラの花の中だ。
久留米に来るまで思ってもみなかったから、
ついうっかり「夢の中」なんて言葉が出てきそうで、
それは抑えた。
さあて、いよいよ第二十三回丸山豊記念現代詩賞の
贈呈式だ。
市長の挨拶があるのは、

副賞の百万円は市民税から出ているというから当然だ。
選考委員の高橋順子さんと清水哲男さんに
さんざん褒められて、嬉しくなったところで、
丸山豊記念現代詩賞実行委員会会長の久留米大学教授遠山潤氏から、
電動車椅子に座ったまま賞状と副賞の目録を贈呈された。
そのあと予算審議した市議会副議長の祝辞があって、
「ドキドキヒヤヒヤで詩を書き映画を作ってきた。」
っていう七〇年代風のタイトルでわたしは講演したのだった。
丸山豊とは違って自己中に生きていたわたしは
他人にはいつもドキドキヒヤヒヤだったってことですね。
そして丸山豊の指導を受けたというピアニストの
シャンソンの演奏があって
贈呈式は終了した。

詩集を買ってくれた数人の人にサインして、

久留米市内の料亭柚子庵に招かれて、
丸山豊の娘の径子さんと息子の泉さんの奥さんと
弟子だった陶芸家の山本源太さんと
高橋順子さん夫妻と清水哲男さんと
わたしら夫婦とで、懇談した。
話題は、丸山豊の若い詩人や芸術家たちとの付き合い。
「やー、来たね」と誰でも迎え入れるから、丸山家には何人も若者がいつも屯して、食べたり飲んだりして議論が盛り上がっていた、という。
そして、常に一人か二人が居候していた。
だから、「お母さんは大変だった」と。
そうか、だから何人もの詩人が育ったのだ。
「丸山豊記念」とはそのことだったのだ。
生きるということで、自分は死者たちと向かい合い、
若い人たちを生かすということだった。
ここまで来て、丸山豊の「影」に出会えたわけだ。

そして、タクシーでホテルに戻った。
ちょっと、食べ過ぎちゃったね。

思い返すと、
久留米への贈呈式旅行までは、
三月の受賞の知らせから、
思ってもみなかったことの連続だった。
先ずは、丸山豊の詩集をインターネットで買ったなんて、
思ってもみなかったことだった。
思ってもみなかった新幹線の車椅子専用個室、
そこにわたしが乗るなんて思ってもみなかった。
時速250キロ余りの車窓からは人影が見えなかった。
久留米という名は知ってたけど、
久留米に行くなんて思ってもみなかった。
そして、思ってもみなかった咲き競う二万五千有余のバラの花、

その中を電動車椅子で散策するなんて思ってもみなかった。
初めて会った遠山教授から賞状と目録を授与されるなんて、
思ってもみなかった。
そして、そして一週間後に、
わたしの預金通帳に副賞の百万円が振り込まれるなんて、
夢のまた夢という思いで身体が浮くよ。
この賞金でもう一冊詩集ができる。
詩を書かなくちゃ。
それで、この長ったらしい詩も書いたというわけ。

七十九歳の誕生日って、ちょっと困っちゃうね

さて、どうやって切るか。
困っちゃうね。
わたしの似顔絵が描かれた誕生日祝いのケーキを前にして、
蠟燭の火を吹き消して、
ケーキを囲んで待ってる孫娘たちの前で、
いよいよ、
自分の顔にザックリとナイフを入れる段になった。
ちょっと困っちゃうね。

テーブルを囲む息子野々歩と嫁さんの由梨と孫のねむとはなと
妻の麻理とわたしと六人で
六つに切ればいいわけだが、
自分の顔が六つに切り裂かれるって、
ちょっと困っちゃうね。
ケーキの六つの部分はどこも同じだけど
顔の部分となると自分では気に入らない所もあるんだ。
わたし自身は何処を食べればいいのかいな。

まっ、誰が何処を食べたかは秘密。
幡ヶ谷のコンセントというケーキ屋さんで由梨が買ってきた
このケーキはクリームがさっぱりしていて、とても美味しかった。
で、顔の味はどうだったかな。
わたしを除いて、ケーキはケーキで、顔は無かった。

とうとう七十九歳か。腰が痛く、杖をついてもふらふら歩きで、
外に出るには電動車椅子っていうわたしの身体。
まっ、身体は身体だ。せめて美味しい詩を書きたいね。

毎朝の食事の後は新聞の字面を辿るのが楽しみなんて、困っちゃう。
誕生日から九日過ぎた朝に朝日新聞を開いたら、
「構図変わる新時代」と来た。
「／自ら国民を守り／米軍は有事駐留に[*1]」って見出しで、
思想家で麗澤大学教授の松本健一氏の談話ですよ。
わたしが七十九歳になったばかりで、「新時代」だってよ。
わたしはただ家にいて寝たり起きたりばかりで、困っちゃうね。
まっ、ちょっと困っちゃうけど、まあ、ひょいひょいか。

日本国憲法の改正を「逃げてはならない。[*1]」と来たよ。

わたしゃ、ひょいひょいですよ。

「日本は明治維新で開国し、敗戦で2回目の開国をしました。[*1]」

なるほど、ひょいひょいだね。

「現在、『第3の開国』の時期を迎えていると考えています。[*1]」

ちょっと待ってよ。日本の国っていろんな国と付き合ってるし、
ペルシャ湾、インド洋、イラクなんかに「自衛隊の海外派兵」してるじゃん。

開国してるのに、またその上に開国するって、どういうことかね。

開国しているのに更に開国する時期が来たなんて、困っちゃうね。
そんな、そんなドラマチックな時代に、ひょいひょいと
わたしは七十九歳の誕生日を迎えちゃったんだ、困っちゃうね。
今や、歴史的なヒーローが活躍する時代ってわけね。
すると、この「第3の開国」のヒーローは安倍晋三首相なのか。
そりゃ、ちょっと困っちゃうね。
「日本を取り戻そう」って幻想を振り撒いて、

憲法解釈を変えて集団的自衛権の行使を認めるヒーローね。

このヒーローは、うんっぐっくですよ。
国民を守るどころか戦争に巻き込む危険があると、
憲法学者の小林節氏は「憲法を国民から取り上げる泥棒」と言ってる。[*2]
ちょっと、ちょっと困っちゃうね。
一国の総理大臣が泥棒呼ばわりされてしまうなんて。
いやいや、この「憲法泥棒さん」は居直って、
憲法改正までやり遂げて、ずるずるっと、
国家と国民を守るための自衛隊を軍隊にするヒーローに変身するんだ。

第九条の「国権の発動たる戦争と、武力による威嚇又は武力の行使は、
国際紛争を解決する手段としては、永久にこれを放棄する」って、
素晴らしいじゃん。人類の歴史は戦争の歴史ってことを終わらせるってこと。

「前項の目的を達するため、陸海空軍その他の戦力は、これを保持しない」ってのは、正々堂々と人殺しはしないってことでしょう。いいですよ。

松本氏は「解釈変更は姑息」だ。「改憲で正面から解決」しろ、

「9条に『国家および国民を守るための自衛軍を持つ』という条項を加えることが必要です。[*1]」だって。困っちゃうよね。


自衛軍にしろ、軍隊にしろ、ひょいひょいとは行かないですよ。

怖いですよ。軍隊は、できるだけ効率よく人を殺すって集団ですよ。

わたしは子どもの頃の戦時中、将校だった叔父さんが持ってた軍刀と穿いていた長靴が怖かった。祖母に甘いものを持ってくるいい叔父さんなんだけどね。

いろいろと読んだ日本兵が捕虜を銃剣で突き殺す話が忘れられない。[*3]

最近で言えば、丸山豊の『月白の道』に書かれたビルマ戦での、戦うというより蛸壺で耐えに耐えて死んでしまう身体を思ってしまう。

と言ったって、これはまあ、わたしの感傷なんだね。うんっぐっく。

軍隊は戦争が始まれば、人を殺す人たちの集まりになるのだ。

軍隊が戦えば沢山の人が死に、自然も人が作ったものも破壊される。

うんっぐっくだ。

人は生まれて自然に死ぬのがいいのだ。

自然を喜び、自分たちが作ったものを喜ぶのがいいのだ。

戦争は人を殺し、自然を破壊し、人が作ったものを破壊する。

戦争をしちゃ駄目だ。戦争には反対だ!! 戦争する軍隊は無いのがいい。

うんっぐっく。うんっぐっく。


「軍隊がなければ国土、国民、主権という近代国家の3要素を守ることはできず、他国に守ってもらわねば独立を保てない。保護国になるしかない。[*1]」っていうことだ。

うんっぐっくになっちゃうよ。うんっぐっく。

うんっぐっく。うんっぐっく。

軍隊が守らなくても独立して行ける国って考えられないのか。
国同士で互いに攻めないって約束すればいいんじゃないの。
うんっぐっく。うんっぐっく。

いやあ、ちょっと困っちゃう。困っちゃう。
「未来図を描かねばならない新しい時代がきたのです。
新時代に対応できるように憲法を改めなくては
真の独立国として国民を守ることができなくなります。[*1]」
国を守るために人を殺し破壊する。うんっぐっく。うんっぐっく。
守らなければ人が殺され破壊される。うんっぐっく。うんっぐっく。
うんっぐっく。うんっぐっく。うんっぐっく。うんっぐっく。
軍隊無しってことで、どうにかなんないのかね。

人を殺したり自然や人が作ったものを破壊しなくても、

生きていられるっていう、そんな世界を創ろうとしないのか。
生きる場所を奪われれば攻めなければならない。
独立って言って国土という領域を決めて自分たち以外を排除するからだ。
国境の無い世界ができないのか。
一人ひとりが民族の違いということを乗り越えられないのか。
一人ひとりが互いに信じるものの違いを認め合うことができないのか。
生きるのには、やっぱりテリトリーが要るのかなあ。うんっぐっく。

この詩を書いているこの仕事部屋に突然他人が入って来て、
「ここはオレの部屋になった。出て行ってくれ」と言われたら、
わたしゃ怒るね。「なに言ってるんだ。おまえこそ出て行け。」
と争いになるだろうな。攻撃には反撃するってことか。
言葉で解決がつかなければ暴力沙汰になるのか。うんっぐっく。
わたしは法律で解決できるから、武器は要らないと信じている。
実際わたしはピストルも刀もアーミーナイフも持っていない。

七十八年、日本で生活していて現実に武器を向けられたことはない。

個人の場合と国の場合とは違うのかなあ。うんっぐっく。うんっぐっく。
現実に、他の国は軍隊を持っている。
攻めてくるかも知れないから、独立するには軍隊が必要っていう。
それなら、他の国が軍隊を持っていなければ、
攻められることはないから、軍隊は要らないわけだ。
ひょいひょいですよ。全世界の国が軍隊を持たなければ、
どの国も軍隊というものは要らないことになる。
そうなりゃ、ひょいひょい、ひょいひょいですよ。

そうだ、世界中の国の憲法に、「日本国憲法」の
「武力を持たない。戦争をしない」の第九条があれば、
この世界から軍隊は無くなり、ひょいひょい、

戦争も無くなる。ひょいひょい、ひょいひょい、
とまあ、七十九歳の頭は数日考えて、
さっぱりとした結論を得たってわけ。
でも、わたしの結論は非現実的で、まあ空論なんだよね。
困っちゃうね。困っちゃう。

軍隊って、実は、国民一人ひとりの心を縛り上げる存在なんだ。
国民に有無を言わせないための権力の暴力装置ってわけ。
そこんところをわたしはうっかり忘れちゃってる。
困ったもんだ。うんっぐっく。うんっぐっく。
自衛隊の最高指揮官は内閣総理大臣ってことになってる。
っていうことは、今日、現在の自衛隊の最高指揮官は
安倍晋三ってわけだ。うんぐっく。うんっぐっく。
うんぐっく。うんっぐっく。うんぐっく。うんっぐっく。

時代は変わって行くのよ。
わたしは外国と戦う戦力を持った国の国民の一人になるってことか。
わたしは戦争をしない国で六十九年も平和に生きてきたっていうのに。
それが、今や「東西冷戦構造が壊れ、
グローバル経済とナショナリズムが勃興する一方、
力の衰えた米国への一極依存は続けられなくなっている」[*1]っていう
新時代には「日本は憲法を改正して軍隊を持つべきだ」という。
思いも寄らなかった。わたしは七十九年間戦争に行かずに平和に生きた老体!!

そもそも、わたしは自分の将来を想像できないで生きてきたんだ。
行き当たりばったりの人生だった。ひょひょいとね。
第二次世界大戦の最中帽子革靴で澄まして立っている五歳のわたしは、
焼夷弾が降りしきる路地を逃げる九歳のわたしを想像できなかった。
国が戦争に負けた焼け跡で鉄くずを掻き集める小学生のわたしは、

朝鮮戦争に行くアメリカの戦車が夜中家の前を通り抜けた翌朝、
制服制帽でぎゅうぎゅう詰めの国電で通学する中学生のわたしを
想像できなかった。その中学生のわたしは、
浅草六区の映画館の暗闇の高校生のわたしを想像できなかった。
その高校生のわたしが、僅か数年後にヴェトナム戦争反対のデモに行ったわたしが、
フランス語の原書を読んでいるなんて想像できなかった。
そしてまたそのわたしがＮＨＫのフィルムカメラマンになっているなんて、
さらに二年後、広島で悦子さんとアパート住まいをしているなんて、
そしてまた、愛してると信じてた悦子さんと離婚して麻理と再婚するなんて、
いやいや、全くもってとてもじゃないが想像できなかった。
自分のことで精一杯に想像外の人生を生きていたってことですね。

原爆を落とされるなんて、広島の人たちは想像できなかった。
わたしゃ広島に住んで『原爆体験記』に記された場所を歩いても想像できなかった。
「国民を守る」が、「原爆を持たなければならない」になるってことは想像できる。

「国民を守る」なんて言葉にすると、可笑しくなってくるね。うんっぐっくだ。
国民として守られて、わたしは詩を書いてきたってことなんですかね。
国民として守られて、わたしは極私的な映画を作ってきたんですかね。
危ないぞ。国民を守るなんて、国民が戦場に行かない連中のために死ぬってことだ。
わたしゃ、国民として詩を書いたことなんてなかった。

詩って面白そうだで、わたしゃ、高校生で詩を書き始めて、
人を驚かしてやろうと詩を書き続け、ひょいひょいとね。
詩人と言われるような者になっちまった。こんなわたしは、
あの焼け跡の少年には、まったく想像もできない見知らぬ遠い存在だよ。
困っちゃうね。うんっぐっく、わたし自身は見知らぬ存在だ。
今じゃ、急激に人口が減少する日本の新たな時代になっちゃってね。
わたしは確かに老い耄れて自分でも見知らぬ存在なのだ。
新時代の実感はないけど、眼をしょぼしょぼと詩を書いてる。

年金暮らしの七十九歳のわたし。うんっぐっく。

今、現在、麻理と暮らしている。殆ど家で過ごしている。

新聞の字面を追うのとテレビのドラマを見るのが楽しみになっている。

Twitter や Facebook や mixi に庭の花を毎日投稿している。うんっぐっく。

眼が弱っているので本を読むのがきつい。うんっぐっく。

実際、困ってるのは、片づけられないってことなんですよ。うんっぐっく。

何とかしないと、何が何処にあるのやら、本当に困っちゃう。

勢い込んで、こんな詩を書くなんて、想像できなかった。


とまあ、この詩を書き終えて、急に気分が落ちてきた。

なんだい、こりゃ。気分がどんどん落ちていくぞ。

ぐーんと落ちたところで、寂寥感が襲ってきた。うんっぐっく。

また始まるってことのない、もう終わってしまったということか。

今までに経験したことのない寂しい空白ですよ。うんっぐっく。

この日頃の空白で新聞の字面に引っ掛かってしまったってこと。
そんなところってわけですね。ひょいひょいひょいですよ。まあね。
ここんところは、詩を書いてこの時間を乗り越えて行こうじゃないですか。

＊1　朝日新聞二〇一四年五月二八日朝刊。「オピニオン・インタビュー」での松本健一氏の談話。（松本健一氏は二〇一四年十一月二十七日に逝去された。）
＊2　朝日新聞二〇一四年五月二九日朝刊参照。
＊3　「日本兵が捕虜を銃剣で突き殺す」でGoogle 検索できる。

ゴシゴシゴシ、シャッシャーと汚れを水で流した。

庭のアジサイの青い花が、
夕暮れの闇に見えなくなって行き、
窓のガラスにわたし自身の姿が浮き出てきたので、
「この男は」と思ったとき、
はあ、そういえば、今日の昼間、
いきなりの
富士山だったね、
それも、
北斎版画の富士山の前で

大口を開けた着物の男が
襷がけで、
充電式草刈り機で草を刈っている。
「ニッポンの草刈り。」
MAKITA
ってテレビのCM。
集団的自衛権の行使が承認されたからって、
ニッポンの首狩りはゴメンですよ。
なんてね。思ったね。
昨日の昼間は、わたしは番号が印字された紙を手に、
慶應義塾大学病院の泌尿器科の待合室で診察の順番を待って、
車椅子に座って、
掲示されてる番号の順番を気にして待っている人たちを眺めていた。
一時間余り、平和な時間。
ラフなスタイルは編集者かな、ネクタイは会社部長かな、
あの頭髪は係長かな、眼鏡は教員かな、鞄は営業マンかな、

わたし同様に夫婦連れで来ている人もいて、
どういう人たちか分からない、年取ってる、結構若い、
勿論、わたしもその待っている数十人の男たちの一人だった。
わたしは飴嘗めたりして、採血の数値の結果を待っていました。

今日は、スーパーMARUSHOに買い物に行ったのね。
わたしは麦わら帽子を被り電動車椅子に乗って麻理は歩いて、
上原中学校の前から井の頭通りに出て、横切るとき、
電動車椅子だと信号の点滅がすっごく気になるんだ。
代々木上原駅の高架下からコンビニの角を曲がって、
麻理の一押しでMARUSHOの店内に乗り入れた。
野菜スープに入れる洗い牛蒡一九八円とかカボチャ二〇三円とか、
温野菜サラダにするキャベツ一九八円とかセロリ一五八円とかの野菜や、
カレーに入れる若鶏モモ肉二九六円や、
明治ブラックチョコ2箱六〇六円や、

わたしの好きなカンロキャラメルサレ２袋三五八円などなど30品目、
八二九七円の買い物をして
とても持ち切れないので配達して貰っちゃったのさ。
ＭＡＲＵＳＨＯは三〇〇〇円以上買うと無料で配達してくれるんですね。
スーパーの狭い商品棚の間のつるつる床を、
棚にぶつからずに電動車椅子を操ってすいすいと進む。
電動車椅子の運転がうまくなったもんだね。
麻理は袋入り宮坂吾作割れせんが気に入っている。
そうそう、
カンロキャラメルサレっていう塩入の飴は、
思わぬ人が犯人の刑事ドラマを見るのにぴったりなんだ。
そちらの棚に電動車椅子を進めると、
パンツ女のお尻がちょうど車椅子の目の高さでね、
左、右、左右プリップリッと目の前を通り過ぎて行く、
やっぱりちょっと目移りしちゃうよね。

スーパーMARUSHOで買って来たものはね。
朝、昼、晩、一週間余りの朝昼晩の食事で食べちゃうんですよ。
今日も、朝食の支度はだいたい六時に起きて、
わたしが足腰のリハビリのためにって作ってるんですね。
毎朝、温野菜サラダと決まってる。
キャベツとニンジンとセロリとアスパラとタマネギとリンゴを蒸して、
トマトとバナナと麻理が食べるヨーグルト一匙を二つの皿に盛りつけるのね。
それにキューピーの深煎りごま入りドレッシングをかけての、
温野菜のサラダってことです。
蒸したキャベツもニンジンも甘くて美味しいよ。
それからガスレンジで8枚切りの食パン1枚を焼いて、
バターを塗って薄く切ったハムを乗せて洋辛子をつける。
麻理はパンを食べたり食べなかったり。
飲み物はピュア・ダージリン2バッグにハニイ・ヴァニラ・カモミール1バッグを、
沸騰するポットに入れた紅茶をマグカップに注ぎ、

そこへ成分無調整・とちぎの牛乳と蜂蜜を入れるんです。
これを杖を突かずに両手で持って広間のテーブルまで運ぶのが、
足がふらふらするから、躓いて、取り落としたら大惨事と、
気を遣ってそろそろそろっと歩くんですね。
でも、それもあぶないと麻理が運ぶことが多くなった。

今日は、朝食の後は、朝日と日経の朝刊を読んでから、
風呂場で素っ裸になって麻理に髪の毛を切って貰ったんですよ。

「後ろの毛、このくらい切ったけど、どうお」

「麻理がいいと思ったらそれでいいよ」

「駄目よ、自分の感じを言ってよ」

と麻理はわたしの頭を優しくぐいっと押すのだ。

わたしはうつむく。

頭がぐいっと押されるからうつむく、
その時の感じ、優しく押されているのだが、

反抗心の極々小さな芽がぴょこんと出てくる。
頭を押されるって、押さえつけられる姿勢でむかっとくる。
押さえつけられる、押さえつけられる、押さえつけられる、やだなあ。
記憶の底の方に仕舞い込まれているんですね。
髪の毛を切って貰った後、シャワーを浴びて、
風呂場の床のタイルが汚れているのに気がついて、
這い蹲ってたわしでゴシゴシゴシ、
シャッシャーと汚れを水で流しました。
ゴシゴシゴシ、シャッシャー。

二〇一四年の八月は八月、八月、ああ八月ですね。

八月。
八月。
ああ、八月。

八月は朝だ。
庭に咲いた朝顔の花の数を数える。
花は開いて空に向かって目一杯叫んでいるみたい。
陽射しが強くなるともう萎れているんですよ。

また、明日咲く花は幾つかな。
花の数が気分の折れ線グラフを作るというわけ。

八月は夏休みの月ですね。
でも、八年前に多摩美を辞めてからそれがありません。
と、心は夏休み合宿の記憶を辿り始める。
ところが、付き合った学生たちの名前をぽろぽろ、
ぽろぽろ、忘れちゃってる。
寂しいね。

第一次世界大戦後一〇〇年の今年の八月、
日本の敗戦後六九年の今年の八月、
ってことで、わたしが毎朝読む朝日新聞では、
戦争についてのキャンペーンの記事は毎日載ってるんですね。

十二日には日中戦争からの戦争の年表が載ってた。
でも、わたしが生まれてからがすっぽり入るその活字が遠いなあ。

八月十五日の新聞では
朝日も日経も一面に「きょう終戦の日」とあった。
何で「敗戦の日」としないんだろう。
日本国は連合国軍に負けて占領されたんじゃなかったのかなあ。
わたしは家族と一緒に三月十日に米軍の焼夷弾爆撃で焼け出された。
まあ、今年の甲子園は逆転試合が多かったね。

一九四五年の八月十五日、わたしは十歳で家族と、
疎開先の福島県の小浜町というところの在の農家の薄暗い家の中で、
玉音放送を聴いた筈だが余りよく覚えてないんです。
わたしたちが住んでいた農家に戻る時に草履で歩いた

きらきら光る土が記憶に残っている。草履の足下を気にしていたから。
その年の十月、家族と共に東京に戻ったわたしは言葉と身体のいじめから解放された。

甲子園の中継は付けっぱなしです。新潟の日本文理が逆転ツーランで勝った。
ホームランを打った新井充選手の冷静な顔、期待されて期待に応えた。
投げる打つ走る身体身体、肉付きのいい身体、みんな泥だらけですばしっこいなあ、
ドン、ドン、ドン、かっせ、かっせ、かっ飛ばせ、
それをテレビで見ているわたしがここにいて、脚痛と腰痛でそろそろのろのろ、
入院している麻理を思って、さあ、昼食の支度でもするかあ。

広島で土石流による死者71人不明11人（27日現在）。
去年の十月に引っ越してきた若い夫婦の死が確定、痛ましい。
花崗岩が風化したまさ土の山崩れ、その土に記憶が蘇る。
五十年ほど前、広島でニュースカメラマンだった時に取材した。

土石流が海岸近くの校舎の一つの教室をまるごとぶち抜いた鉄砲水。
思ってもみなかった突然のバケツで水を浴びせられたような雨だったと聞いた。

思ってもいなかったことなんですね。何が起こるか分からない。
麻理のこの五月の自転車転倒による左手首の粉砕骨折。
八月、それがどうやら直ったところで、
その転倒の原因となった難病の発症を探る一週間の検査入院。
ということで、わたしは温野菜サラダとか野菜カレーの三度の食事を、
自分で作って一人で食べた。入院翌朝の麻理からの電話が嬉しかった。

八月、
八月、
ああ、八月。

大転機に、ササッッサー、っと飛躍する
麻理は素敵で可愛い。

ササッッサー、っと風が吹く。
時折、庭が翳って朝顔の蔓が風に揺れる。
雲が動いているんですね。
陽射しも弱まって来たように感じます。
麻理は難病の進行を畏れて、この九月、
勤めていた二つの大学の非常勤講師の職を辞めたんですね。
四月の新学期には想像すらしなかった
進行する多系統オリーブ橋小脳萎縮症という難病の発症。

わたしと一緒に暮らしてきた麻理の人生の大転換ですよ。

わたしにとって麻理は可愛い存在。
それ以上に、側にいてくれなくてはならない存在。
最近では特に、彼女が出かけてしまうとすっごく寂しい。
その麻理がいなくなる時が来るというのが、
わたしより先にいなくならないでほしいな。
うっうぅー、だ。
勝手ですね。

ササッサー、っと麻理は部屋を片づけ始めた。
大学の授業で使っていたものを捨てると整理し始めた。
ササッサー、っと飛躍する。
それが麻理の凄いところだ。

家の部屋を整理して「皆んなが来れる空間にしたい」と、
もうそこには飛躍する麻理がいる。

四十年前、わたしを年寄りの美術評論家と間違えて訪ねて来た麻理は可愛かった。
少女の油絵を描く麻理は可愛かった。
団地の窓枠の外で逆立ちする麻理は可愛かった。
黙ってソファで寄り添って過ごした麻理は可愛かった。
その麻理が草多を育てながら日本語教師の資格を取って飛躍した。
そして日本語教師になって韓国人や中国人に気持ちを入れ込む麻理は可愛かった。
だが、大学を出てない者の扱いに対して、野々歩を育てながら、
ササッサー、っと青山学院大学の夜間部に飛躍した麻理。
そして更に語学教育は言葉の遊びに原点があると知って、
ササッサー、っと遊びについての修士論文を書いてしまった飛躍。
32面の掌に乗るボールに文字を書いて、
投げて受け取った親指の先に当たった文字から話を引き出す「マリボール」、

コミュニケーションツール「マリボール」を発明した麻理。
可愛くて凄い「麻理母さん」の麻理。
コミュニケーションの教師として、
桜美林大と目白大の学生をがっちりと受け止めた麻理。
教える学生の全員の作文を夜遅くまで添削する麻理の熱意。
即興劇を仕組んで学生たちを交流させた麻理。
そこで、ササッサー、っと、
コミュニケーションの場を作るワークショップデザイナーに飛躍。
大学の授業をワークショップで進めようとしていた麻理。
様々なワークショップを渡り歩く麻理は可愛い。
そ、そしてこの五月、勤め帰りに代々木上原駅の坂道で、
自転車から降りて押そうとして転んでしまって手首の全治四ヶ月の粉砕骨折。
目の前の交番のお巡りさんの助けを借りて救急車で病院に運ばれた。
電話を貰っても、脚が言うこと利かないわたしは息子の野々歩に行ってもらう。
わたしはただ家のテーブルに座っていただけ。
うっうぅー、のわたし。

二日で退院した麻理は、ササッッサー、っと筋肉が弱って来たと判断。
素速く体操クラブに入会してリハビリに励む。
ところが身体のバランスが取れない。
整形外科医の示唆もあって、
大学病院に入院しての一週間の検査を受けたら、
それが進行する難病、多系統オリーブ橋小脳萎縮症のせいだったんですね。
そうと分かって、麻理はまたもやササッッサー、っと飛躍する。
側で見ていて、その勢いが素晴らしい。
大学の授業が続けられるか、
授業の場面を想像して迷いを経巡った後に決断。
ササッッサー、っと二つの大学に辞表を出して、
「今迄、学生にかけていたエネルギーを『まるで未知の世界』や、
『最後まで地域で皆で一緒に楽しく暮らす会』の活動にかけること
にします」って、
Facebook 上に宣言したってわけ。
今の麻理の、その行く先を「まるで未知の世界」と捉えて、

共同して楽しく暮らそうというのが、
「最後まで地域で皆で一緒に楽しく暮らす会」なんですね。
皆さんに家に来て貰えるようにするって言って、
広間に溜まった学生の資料やら何やらを、
思い出に引っ掛かりながらもどんどん捨ててる。
ササッサー、っと捨ててる麻理。
わたしも堆積した詩集をどうにかせにゃならんことになりました。
この麻理の飛躍、気持ちがいいなあ。可愛いなあ。
でも、このところの飛躍に継ぐ飛躍には一抹の悲哀が滲んでいる。
鏡の前で髪の毛を指で摘まんでふわふわさせている麻理は可愛い。
菓子のシベリヤと水ようかんを買って来て、うふふと笑うあんこ好き麻理は可愛い。

自分の病を何とかしようと、
麻理は気功と鍼灸をやってくれる所を見つけて
ササッサー、っと今日は気功、明日は鍼灸と通い始めた。

麻理は夜中に目が覚めたとき不安が募って眠れなくなり、
iPad mini で Facebook の友人たちの動向に励ましを感じているようだ。
傍らで寝ていてわたしがトイレに目覚めたとき、
麻理が向こう向きに寝て寝顔が見えないと不安になって、
暫くそのまま寝姿を見ていると、
麻理の足の先がピコピコと動くのを見て、
ほっとして寝る。
夜がそんな風に過ぎるということがあるようになったんですね。

近頃の新聞を見ていると、
時代が変わって行くのをぞわぞわっと感じさせられる。
国民的ヒーロー錦織圭選手の誕生ってことですね。
九月八日の「朝日新聞」の一面の見出しが、
テニスの全米オープン男子シングルス準決勝で、
紙面半分の巨大な横見出し

「錦織、世界王者を圧倒」で、
その脇の四段ぶち抜きの縦見出しが
「日本初　４大大会決勝へ」だ。
まあ、錦織選手は決勝には勝てなかったけれど。
「世界王者を圧倒」って、その「世界」の二文字に引っ掛かるなあ。
まあ、その三日前の記事には、
「世界最大級の恐竜化石　アルゼンチンで米大チーム発見」、
という世界的な記事が載っていた。
寝そべった男の背丈程ある巨大な大腿骨の写真。
体重はアフリカ象十二頭分で、最大級の肉食恐竜ティラノサウルスの七倍、
この竜脚類恐竜は草食動物で約六六〇〇万年～一億年前の
白亜紀後期に南半球を中心に生息していたっていうことです。
一億年という活字が紙面から浮き上がる。
地球の一億年の時間はサササッササー、っと経ってしまったんでしょうね。

麻理さん、一億年じゃなくても、
わたしより長生きしてね。
麻理に習って、
わたしも部屋の片付けをササッサー、っとやっちまおう。
麻理がちょっと出かけて家を空けただけで寂しくなるのに、
本当にいなくなってしまったら、
わたしはその寂しさを耐えられるだろうか。
ところで、現在の個人の今を詩にするってどういうこと?
「ああ、そうですか」ってことなんでしょうね。

それは、ズッシーンと胸に応えて

わたしはいつ死ぬのだろう。
麻理が「最後まで地域で皆で一緒に楽しく暮らす会」に、
家のガレージを開放して、
広間を知人たちの集会に使って貰おうと決めたので、
夫婦で病身になってどちらが先に死ぬのかが現実に問題になったのです。
わたしが先に死ぬと遺産相続で、
この家を相続する家内の麻理は相続税が払えず、
住み慣れたこの家に住み続けられなくなるのではないかと思い、
それは、ズッシーンと胸に応えて、

悲しくなってしまうのでした。

麻理はこの家を、
いろいろな人が集まれる空間にしたいと、
家の中に堆積した物を、
「断捨離」と紙に書いて本の束などに貼って、
捨て難かった気持ちを絶って、
どんどん捨ててる。
進行性の難病のその先の死を予感してるんだ。
動けなくなっても友人たちと交流していたいという思いだ。
回りに人がいて欲しいという思いだ。

わたしはいつ死ぬのだろう。
わかりませんね。

いや、わたしが死ぬ、
ということは、
この身体が息を引き取って、
医師が心肺停止を死と判定したときに、
鈴木志郎康こと鈴木康之という名前を持ったわたしの死が確定するのでしょうね。
つまり、死ぬって、
このわたしの身体に起こることが、
社会制度的事件になるんですね。
わたしが知るわけもない。

ズッシーンと胸に応えますね。
わたしの身体が息を引き取る時は必ず来るのです。
それがいつかわたしは知ることができないのでしょう。
でも、でも、
七十九歳で前立腺癌を患うわたしの身体は、

否応なしにやがて息を引き取るのです。
いつまでも今日と同じように明日を迎えたい。

ところが、
わたしは
明日、
わたしの身体が息を引き取るとは思っていないのです。
来月とも思ってない。
来年は、八十歳になるけどまだ大丈夫でしょう。
と、一人でくすっと笑ってしまう。
歩く足がしっかりしてないから二年後はあやしい。
三年後はどうか。
いや、進行性の難病の麻理が亡くなるまでわたしは死ねないのだ。
お互いに老いた病気の身体で介護しなくてはならない。
支えにならなくてはならない。

麻理より先には死ねないのだ。
ズッシーン。

自分で死ななければ、
心肺停止はいずれにしろ突然なのだ。
ズッシーン。
遠い寂しさが、
晴れた十月の秋の空。
陽射しが室内のテーブルの上にまで差し込んでる。

深まる秋の陽射しが
テーブルの上にまで届くんです。

秋も深まって、
十月も三十日に近づくと、
わたしの家の、
大きな窓ガラスを通して、
深まる秋の陽射しがテーブルの上にまで届くんです。
大きなガラス窓。
深まる秋の陽射しを、
テーブルまで届けさせる

わたしの家の
大きな窓ガラス。
その外は小さな庭。
野ぼたんの紫の花、
メキシカンセージの薄紫の柔らかい花穂、
チェリーセージの真っ赤な小さな花、
それにまだまだ朝顔の花もかじかんだ姿で咲いている。
その小さな庭を毎朝わたしは見ているんです。
深まる秋、
隣の家の屋根の上の秋の空の
低くなった太陽の
秋の陽射しが、
大きな窓ガラスを通してテーブルの上にまで届くんです。
新聞を拡げたわたしは
その秋の陽射しを浴びて、
わたしは記憶が呼び覚まされる。

わたしは記憶に溺れる。
秋の陽射しに溺れる。
ウンガワイヤ、ウンガワイヤ、ウンガワイヤ
テレビのアナウンサーの声が遠いなあ。

その家の中で九歳の記憶を歩き回った。

朝日が玄関の格子戸に当たっている
記憶に残るその家。
六十九年前の
一九四五年三月十一日の朝の記憶ですよ。
東京大空襲の翌朝、
旧中川の土手を火に追われて逃げてきて、
平井橋の袂で命拾いした九歳のわたしが
母と祖母と兄と共に生き延びた直後に落ち着いたその家。
風向きが変わって焼け残ったその家。

その家を今年の十月十二日の夕方、
突然、訪れたんですね。
六十九年振りですよ。
戦災の焼夷弾の炎に追われて逃げて助かって、
その翌朝、祖母の実家のその家に落ち着いてから、
六十九年振りですよ。
その焼け残った家に行ったんですね。
戦災の体験を語り伝えるという映像作品のロケーションで、
旧中川に掛かる平井橋の袂で、
電動車椅子に乗った姿で、
カメラを前に、
「ここまで逃げてきた」と語った後、
「ちょっと行ってみよう」と訪れたその家。
その家はわたしが九歳まで育って戦災で焼けてしまった家と
そっくりだったんです。
驚いた。焼ける前の家がそこにあったんです。

今は墨田区によって、
「立花大正民家園　旧小山家住宅」として保存されている家です。
玄関の格子戸。
あの朝、朝日が当たっていた格子戸。
懐かしいなあ。
そして小沢和史さんのカメラに撮られながら中庭に回ったら、
ガラス戸がはまった長い縁側、
雨戸の溝に心張り棒を電車にして走らせていた九歳のわたしが
突然、蘇った。
家の中にいるスタッフの藤田功一さんに
「六畳と八畳が続いて床の間があって、
縁側の突き当たりが便所でしょう」と家の外から声を掛けると、
「そうです、そうです。その通りです」と藤田さん。
戦前の焼ける前のわたしが育った家と全く同じだ。
その八畳の間に風邪を引いて寝ている子供のわたしが
母がリンゴを擦って持ってきてくれるのを今か今かと

待っていた、母を待っていた
その家じゃないですか。
七十九歳まで生きて、
六十九年ぶりに、
この家と出会えてよかったなあ、ですよ。

戦災体験者が少なくなって、
その記憶を体験していない者たちにどう伝えるかってことで、
東京大空襲・戦災資料センター主催の
「秋の平和文化祭２０１４」が
十一月一日から三日まで開かれてね、
「詩を読み、映像が語る
空襲と詩と下町と
鈴木志郎康さんの詩をフィールドワークする」ってのに、
わたしは参加したんです。

「大空襲　若者が伝える」[*1]
「戦争　記憶のバトン
空襲・焼け跡……少年時代の詩人が見たもの」[*2]
という見出しで新聞記事になっちゃったんですね。
詩作品の、「この身の持ち越し」と
「記憶の書き出し　焼け跡っ子」が引用されたんです。
おお、わたしの詩が新聞の記事になっちゃったんですね。
小沢和史さんと小沢ゆうさんと息子の鈴木野々歩君が
「この身の持ち越し」を
山本遊子さんが
「記憶の書き出し　焼け跡っ子」を
映像でフィールドワークしたんですね。
そのフィールドを六十九年前の戦災の夜、わたしは
「母と共に、よろめき倒れそうな祖母の手を引いて
中川の土手を歩き、
平井橋の袂に辿り着き、

風向きが変わったから、わたしたち三人は
偶然に逃げた身で生き残った」のでした。
わたしは小沢和史さんにこの旧中川の土手と平井橋の袂に連れて行かれて、
当時のことをカメラに向かって語った。
「わたしの父はあの夜、逃げ遅れて、炎に阻まれて、この中川に
飛び込んで、浮いているものに摑まって助かった。」
ところが、どっこい、今の中川の土手は、
すっかり変わってしまって、
川の中の水際にゆるく下る坂道の遊歩道になっていて、
燃えさかる川岸を逃れて川の中で一夜を明かす情景を
思い浮かべることはとうていできない。
そこで多くの人が死んだのだった。
焼けてしまったわたしの育った家の跡も
区画整理で道筋が変わってしまって、
九歳の頭に叩き込まれた亀戸四丁目二三二番地が、
どこだか分からなくなっちゃってる。

戦災前の下町の亀戸の街は記憶の中で薄れて行くばかりですね。
小沢ゆうさんは自分のおばあちゃんの新名陸子さんに、
詩を朗読して貰って、
自分の子供と友達にその言葉を復唱させた。
「焼夷弾」から書き抜いた「夷」の字を
おばあちゃんは
「エビス」と読んだ。
「エビス」
「エビス」
「エビス」
子供たちは詩の最後のことばの
「ハイ、オジギ」
と言って可愛らしくオジギした。
八歳の小沢元哉君、村宮正陸君、桑原大雅君たちは
六十九年も昔の戦災をどう受け止めたのだろう。
鈴木野々歩君はわたしの詩の

「夜空にきらめく焼夷弾。
焼夷弾。
M69収束焼夷弾、と後で知る。
三百四十三機のB29爆撃機の絨毯爆撃、と後で知る。
焼夷弾に焼かれそうになった記憶。
黒こげに焼かれなくてすんだ。」
というこの詩をフィールドワークした。
インターネットのアーカイブから、
アメリカの空軍が撮影した東京大空襲の映像を探してきて、
それを自分の部屋の窓に重ねて、
B29が飛び、
余裕のパイロットの姿、
焼夷弾がばらまかれるイメージ。
そして、フィールドワークの後半では
わたしと母と祖母が逃げた北十間川から平井橋辺りまでの
現在の情景がモノクロ写真になって燃やされる。

今だって爆撃されれば焼け跡になっちまうというメッセージか。
戦後の焼け跡で遊んだ九歳のわたし。
その焼け跡の、
「その瓦礫の果ての冬空に見えた富士山。
亀戸から上野動物園まで焼け跡を歩いていったのよ。
子供の足で。」ってところを、
山本遊子さんは十二歳の少年と亀戸から上野まで歩いて、
空襲があったことなどを話し歩きながら撮影した。
その少年高橋慧人君が辿る道筋には立ち並ぶビル、ビル、ビル、
そして東京スカイツリーに行き当たるんだ。
何も無かった焼け跡には、今や、立ち並ぶ圧倒的な建造物。
焼け跡は言葉と写真でしかないじゃん。
その言葉を体験してない者に押しつけるなんて、
傲慢なんじゃないか、
と少年と歩いた山本遊子さんは感想を語ったんですね。

わたしは息子たちに自分の戦災の体験を話したことがなかった。
敗戦後の焼け跡体験も話したことがなかった。
息子たちはもう三十歳台四十歳台になっている。
これまでの日々の生活では、
自分の体験や来歴を彼らに話す機会がなかった。
考えてみると、
家族に自分のことを語るということがない。
わたし自身、親から彼ら自身の口から彼らのことを、
まともに殆ど聞いたことが無かった。
だが、洗いざらい自分のことを詩に書いてやろうと、
詩に戦災体験を書いたのだった。
戦災資料センターの山本唯人さんの目に止まって、
その詩のフィールドワークってことになったんですね。
わたしは電動車椅子で会場に行って、
被災者として、

戦争では犠牲者になる立場を自覚して、
映画を見ても漫画を読んでも、
敵を斬り殺したり撃ち殺したりする
主人公ヒーローの立場でなく、
そこで犠牲になるその他大勢の立場で、
ばったばったと殺される者たちの一人に
身を置いてきたと話した。
久し振りに人前で話をしたんだ。
そして電光が煌めく宵の東京の街中を
藤田功一さんが運転する車で家に帰って来た。
電光が煌めく宵の東京の街中を。
電光が煌めく宵の東京の街中を。

もう一度、あの焼け残った家に行ってみたいと思った。
花見ドライブに誘ってくれた戸田さんに頼んで、

戸田さんの車で夫人の紀子さんと一緒に再び、
戦災で焼けた亀戸のわたしの家があった場所を確かめて、
旧中川沿いの「立花大正民家園　旧小山家住宅」に行ったんですね。
玄関の上がりかまちを上がるのにちょっと苦労して、
座敷に上がって、
杖を突いて部屋の中を歩き回ったんです。
この家の中を歩き回るってことは、
九歳の記憶を歩き回るってことでしたね。
この居間の棚の上にラジオがあって
真珠湾攻撃の放送を聴いて、
「東部軍管区情報、空襲警報発令」を聞いて、
ああ、ここで。
ああ、ここで。
ああ、ここで。
わたしはしばし感傷に浸った。
オーセンチなのね、シロウヤスさん、ヤスユキさん。

九歳ではヤッチャンだったね。
そうだ、わたしはこの家で思いっきり感傷に浸れる特権者なのだ。
この家が戦災前の鈴木家の家と殆ど全く同じだと体験できるのは、
わたしと兄しかいないのだから。
神棚とその下の仏壇のある居間で、
戸田さんと並んで写真に撮って貰ったんです。
そして暮れなずむ東京の街を自宅に戻ったってわけです。
電光煌めく街中を走り抜けて帰って来た。
「夜空のきらめく焼夷弾。
焼夷弾。」
やっぱりこの「夷」ですよ。
焼かれちまった夷ですよ。
劫火に追われて逃げ延びた夷ですよ。
選挙が近く「国民」という漢字が、
新聞紙面に踊っている。
写真には、

二本の杖を突いた白髪のわたしが写ってた。

＊1　読売新聞二〇一四年一一月五日。
＊2　朝日新聞二〇一四年一〇月三〇日。

この衆議院選挙投票体験のことを詩に書いちゃおっと、ケッ

衆議院選投票体験を詩に書いちゃおうと思ったが、
どうも、そうじゃなく、
最初、書いてやろう、
と書き始めたのが、
やろうがちゃおうになっちゃったんですね。
選挙のことを詩に書くなんて、
そう簡単には手に着かないもんですね。

ガラス窓が、
真っ白に、
曇った。
十二月初旬の朝のことだ。
あの窓ガラスが、
頭から離れない。
真っ白に曇って、
見慣れた庭が見えない。

今は、
もう月半ばも過ぎて、
衆議院選挙の結果も決まって、
自公与党の三分の二以上の大勝で、
憲法改正の道が開かれちゃった。

総理大臣の安倍晋三は選挙運動中、
「景気回復、この道しかない。」
と連呼してたが、大勝と決まった途端に、
憲法改正を口にしたね。
安倍晋三の野望、
日本の歴史の流れを変えようという野望、
何よりも国家を優先する国家にするという野望、
それが、
この道しかない道、だったんですよ。
わたしは今の憲法で育った。
個人をそれなりに重んじる国家、
表現の自由が重んじられる国家、
軍隊を持たない戦争をしない国家。
それが覆されるのにわたしは反対なんだ。

十二月十六日の朝日新聞に
衆議院当選者全員の顔写真が載ってる。
小さい写真で、
みんな同じ顔に見える。
その当選者たちの八十四パーセントが
「改憲賛成派」だってさ。
ああ、もうこの国は変わるね。
ところで、
来年は日本人男性の平均寿命に達するわたしは、
それまで生きてるのかいな。
生きていたいね。

十二月十四日の投票日には、
麻理が早く出かけるというので、
投票所が開く七時ちょっと過ぎに、

わたしは麻理と電動車椅子で行って、
わたしらだけしかいない投票所で、
薄緑色の小選挙区の投票用紙に、
ながつま昭と書いて二つに折って投票箱に入れ、
白い比例区の投票用紙には、
民主党と書いてこれも投票箱に入れたんだけど、
実は、これは、
迷った末の結果なんだ。
思い起こすと、
ちょっと怒りが湧いてくる。

ウーン、何とも
怒りが湧いてくる。
小選挙区の候補者の誰にもわたしは会ったことがないんだ。
東京都第七区の四人の候補者にわたしは会いに行くべきだったのか。

それをしないで、新聞に掲載された写真と活字で、
自民党公認は駄目だ。
次世代の党公認も駄目だ。
共産党の候補者の反自民の主張はいいけど、
死票になっちまうから駄目だ。
残るは民主党公認のながつま昭だ。
彼は三度の食事に何を食べているのか、
酒飲みなのか、
兄弟はいるのか、
詩を読むなんてことがあるのか、
怒りっぽいのか、
優しいのか、
なーんにも知らない。
で、他にいないから
このオッサンに決めて、
薄緑色の投票用紙に「ながつま昭」と書いた。

わたしは渋谷区で長妻昭に投票した41893人の一人になったというわけ。
ながつまさん、頼みますよ。
比例区は
反自民の共産党にしようかな、と思ったけど、
昔、「赤旗」が
わたしの「プアプア詩」を貶したのを思い出して、
まあ、結局、主張が空っぽの民主党を白い投票用紙に書いてしまったというわけですね。
渋谷区で民主党と書いた人は180072人だから、
長妻昭と書いて民主党と書かなかった人が結構いたんですね。

こんなことじゃ、
安倍晋三の野望に立ち向かうなんてことはとてもできやしない。
今度の選挙は有権者の半分の投票で「自公大勝」に終わって、
この国は変わって行く。
そんなことどうでもいいや、って思えないから、

困るんです。
ウーッン、グッ、グッ、ケッ。
次の総選挙まで前立腺癌のオレは生きているのか。
どうだか。
真っ白に曇ったガラス窓が頭から離れない。
真っ白に曇って、
見慣れた庭が見えなかったガラス窓。

＊　投票数は朝日新聞の二〇一四年一二月一六日の掲載による。

わたしは今年八十歳、敗戦後七〇年の
日本の変わり目だって、アッジャー

二〇一五年今年の五月の誕生日で
わたしは八十歳。
まあ、五月まで生きていたらの話だけどね。
(この詩を書いている今は一月だ。)

元旦に、
麻理には小声で素速くおめでとうを言ったけど、

彼女の難病の進行を思えば、
おめでとうが重い。
正月の会話はどちらが先かしらねだったね。
その先のところを思って、
麻理はすごく活発だ。
家のガレージを改造して、
人が集まる場にして、難病の身で、
なんとか楽しく過ごして行こうというのだ。
それを分かち合いたい。
そんなこと思ってもみなかった八十歳の
年の始まりだ。

新聞には、今年が
日本の敗戦後七〇年の節目の年だと書かれていた。
オレって

その七〇年の日本の現実とどう関って来たのか。
どう生きてきたのか。
一九六〇年、七〇年の三十歳台には、
現実の変革ってことも、
ちょっとは意識したけど、
積極的に活動したことはなかった。
オレって、
人のため世のためってのが駄目なんだ。
先ずは何よりも自分に拘って、
ゴリゴリって、
それを表現という、
自己の表現による実現と思い込み、
「極私」っていう
個人の立場を現実に向き合わせる考え方に到ったってわけ。
それは、戦後の復興から、
経済優先の世の中に合わさった

マスメディアの膨張の、
有名人が目白押しの世の中で、
どうやったら自分を保つことができるかってことだった。
表現だから自分の名前を目立たせたいが、
ヒロイックな存在になるのイヤだっていう
矛盾を生きてきた。
やっぱり、
素直じゃないね。
兎に角、わたしは
戦後教育を受けて、
競争社会に、まあ投げ込まれたってことから始まる。
教室じゃ、いつもトップとかビリとかが決められ、
そこを縦には泳がないで、
勝手に詩を書いたり、
勝手に一人で映画を創ったり、
まあ、それで、

なんとか
自分の椅子を取って、
若い連中と
詩を書く心を共にして、
映像作品を創ろうという心を励まして、
教場では、
連中の一人一人の名前を覚えることに努力した。
で、まあなんとか友人たちに恵まれてきた。
そんなことで、
若い、
と言っても、今では
三十代から四十代の
詩人さんや
映像作家さんが
訪ねて来てくれる。
それが、うれしい。

今日だって、
ガレージ改造工事前の片付けに、
今井さんと薦田さんと
辻さんと長田さんが
来てくれて、
本棚を整理してくれて、
脊柱管狭窄の杖老人の
年金生活者のわたしにとって、
大助かりだったんだ。

そうそう、
毎月詩を発表している
「浜風文庫」の
さとう三千魚さんも、
亡くなった中村登さんと

二人が若い時に、
詩について、
ごちゃごちゃ
言い合ったのだった。

大震災が二つあって、
絆、絆と叫ばれた世の中。
亡くなったり
親しい人を亡くした人には、
申し訳ないが、
どうもわたしはその世の中の波に乗れない。
オレって
へそ曲がりなんだなあ。
平和憲法の元で、
オレとしてへそ曲がりを通してきたわたしには、

今更、
「憲法を変えていくのは自然なことだ。私たち自身の手で憲法を
書いていくことが新しい時代を切り開くことにつながる」
なんて言ったという安倍晋三首相の言葉には乗れない。
「日本を取り戻す」
なんて止めてくれ。
これが、
敗戦後七〇年日本の変わり目って言うんじゃ、
わたしとしては、
アッジャー、だ、
ゴリゴリって
区切りをつけて、
若い連中と、
詩と、
映像とを
語り合って、

友愛を深めたい、
と思っている八十歳っていうわけざんすね。

ここまで書いてきて、
老人っぽく年齢を語るのは、
やはり、
空しいね。
生まれたばかりの
赤ちゃんにこそ、
そのゼロ歳の年齢を語って欲しい、
ってなものです。

あとがき

「どんどん詩を書いちゃえ」とはどういうことかってことですが、日頃世間が遠くなったと感じながら、これまでの経験を踏まえて日常の仕事として詩を書くっていうことです。今日は十行書けたとか三行しか書けなかったとかそういうことで、まあ自分を励ます言葉ってことですね。

この詩集には、二〇一四年に詩人のさとう三千魚さんからの誘いで、彼のBlog詩誌「浜風文庫」に月一編ずつ発表した詩と白鳥信也さんが編集発行の「モーアシビ」第三〇号特別記念号に寄せた詩一編を収めました。「浜風文庫」には行数の制限がないので興に乗って書きたい放題に書き、「モーアシビ」では見開き三十行の制限内の二十八行で書いたのです。詩の行数は詩の形式の問題を孕んでいますが、自分は歳も歳だし、形式もへったくれもねえや、ということで、勝手に言葉の「極私的パフォーマンス」を実現したというわけです。楽しんで頂ければ幸いです。さとう三千魚さん、白鳥信也さんありがとうございました。

この二〇一五年五月十九日で八十歳になります。その日付に発行日を合わせて超特急で制作して下さった書肆山田の大泉さん一民さん、また校正などに協力してくださった方々、ほんとうにありがとうございます。嬉しいです。『ペチャブル詩人』に引き続いて装幀を担当してくださった海老塚耕一さん、とても嬉しいです。ありがとうございます。

二〇一五年三月三十一日　　鈴木志郎康

同じ著者による詩集――

『新生都市』（新芸術社／一九六三年）
『罐製同棲又は陥穽への逃走』（季節社／一九六七年）
『現代詩文庫・鈴木志郎康詩集』（思潮社／一九六九年）
『家庭教訓劇怨恨猥雑篇』（思潮社／一九七一年）
『やわらかい闇の夢』（思潮社／一九七四年）
『完全無欠新聞とうふ屋版』（私家版／一九七五年）
『見えない隣人』（思潮社／一九七六年）
『家族の日溜まり』（詩の世界社／一九七七年）
『日々涙滴』（河出書房新社／一九七七年）
『家の中の殺意』（思潮社／一九七九年）
『わたくしの幽霊』（書肆山田／一九八〇年）
『新選現代詩文庫・鈴木志郎康詩集』（思潮社／一九八〇年）
『生誕の波動――歳序詩稿』（書肆山田／一九八一年）
『水分の移動』（思潮社／一九八一年）

『融点ノ探求』（書肆山田／一九八三年）
『二つの旅』（国文社／一九八三年）
『身立ち魂立ち』（書肆山田／一九八四年）
『姉暴き』（思潮社／一九八五年）
『手と手をこするとあつくなる』（飯野和好の画による絵詩集／ひくまの出版／一九八六年）
『虹飲み老』（書肆山田／一九八七年）
『少女達の野』（思潮社／一九八九年）
『タセン（躱閃）』（書肆山田／一九九〇年）
『遠い人の声に振り向く』（書肆山田／一九九二年）
『現代詩文庫・続鈴木志郎康詩集』（思潮社／一九九四年／『新選現代詩文庫』の改版）
『石の風』（書肆山田／一九九六年）
『胡桃ポインタ』（書肆山田／二〇〇一年）
『声の生地』（書肆山田／二〇〇八年）
『攻勢の姿勢 1958–1971』（書肆山田／二〇〇九年）
『ペチャブル詩人』（書肆山田／二〇一三年）

どんどん詩を書いちゃえで詩を書いた＊著者鈴木志郎康＊発行
二〇一五年五月一九日初版第一刷＊装画装幀海老塚耕一＊発行
者鈴木一民発行所書肆山田東京都豊島区南池袋二—八—五—三
〇一電話〇三—三九八八—七四六七＊印刷精密印刷石塚印刷製
本日進堂製本＊ＩＳＢＮ九七八—四—八七九九五—九一七—一